CW01334963

Pour Tali, la reine de mes princesses.
Ilan

Pour la princesse Clara et la princesse Fanette, la princesse Héloïse et la princesse Rosalie, la princesse Valentine et la princesse Anémone, la princesse Mathilde, la princesse Anna et la princesse Justine, la princesse Alix et la princesse Joséphine, la princesse Élise, la princesse Adèle, la princesse Louane et la princesse Clémence… Et toutes les autres !
Magali

Ouvre l'œil !

Un nain péteur s'est dissimulé dans chaque illustration de ce livre…
À toi de le dénicher !

www.glenat.com

Text © 2008 by Ilan Brenman
First edition published by Brinque-Book, Brazil, 2008.
Rights to the text negotiated via Seibel Publishing Services.

© 2015, Éditions Glénat
Couvent Sainte-Cécile, 37 rue Servan, 38000 Grenoble, France.
Loi 49956 du 16 juillet 1949 sur les publications destinées à la jeunesse.
Tous droits réservés pour tous pays.
Dépôt légal : avril 2015
ISBN : 978-2-3440-0474-6 / 008
Achevé d'imprimé en Roumanie en mai 2021 par Rotolito.

Ilan Brenman Magali Le Huche

Même les Princesses pètent

Traduit par
Dorothée de Bruchard

Glénat jeunesse

En rentrant de l'école, Laura se précipita
vers son père pour lui demander :
– Papa, est-ce que les princesses
font des prouts ?

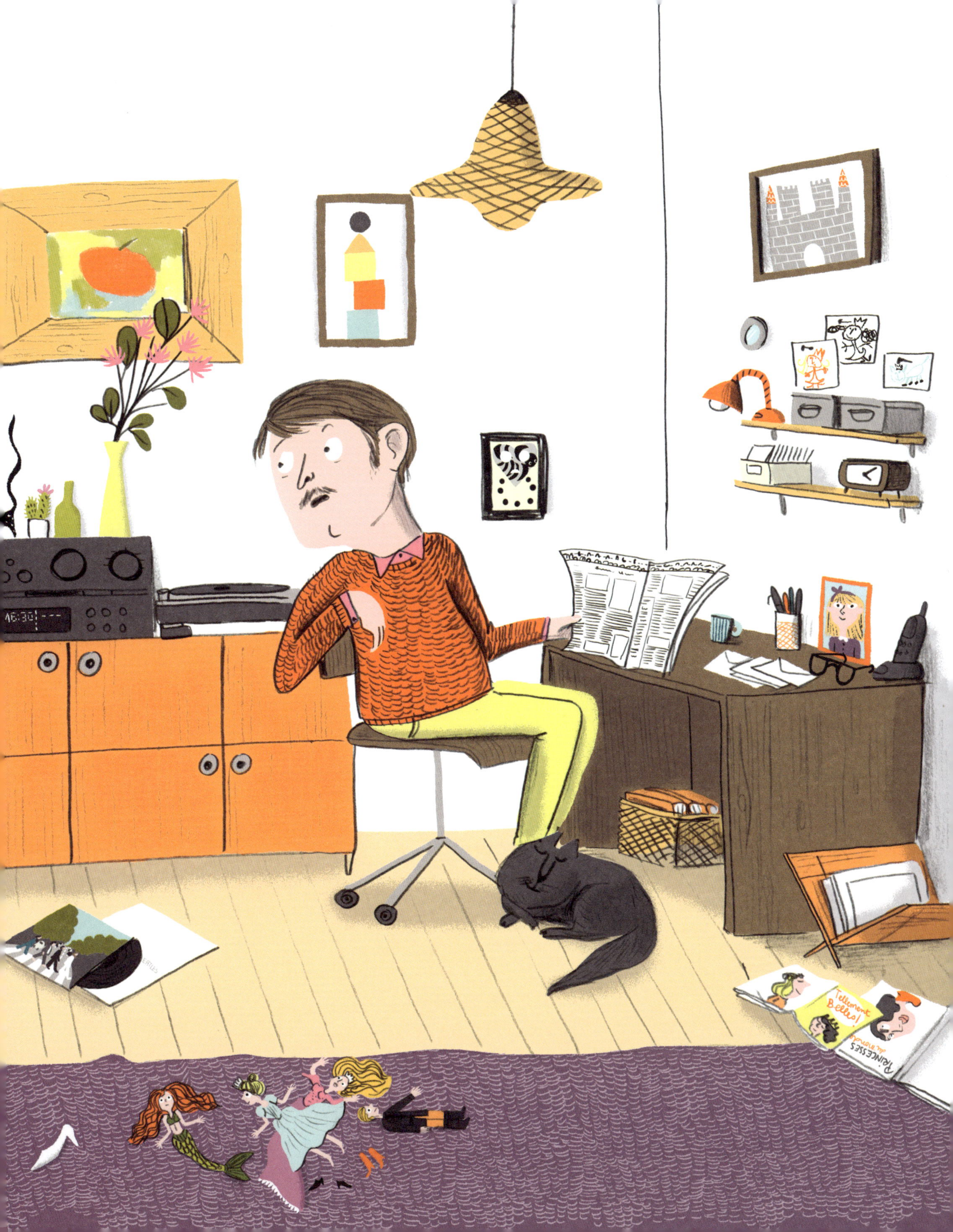
16:30
Tellement Belles !
PRINCESSES du monde

– Pourquoi me demandes-tu ça ? s'étonna le père.

– C'est qu'il y a eu une dispute à l'école... Mais avant de te dire ce qui s'est passé, je voudrais que tu répondes à ma question.

– Eh bien oui, je crois que les princesses font des prouts, répondit le père avec beaucoup de délicatesse.

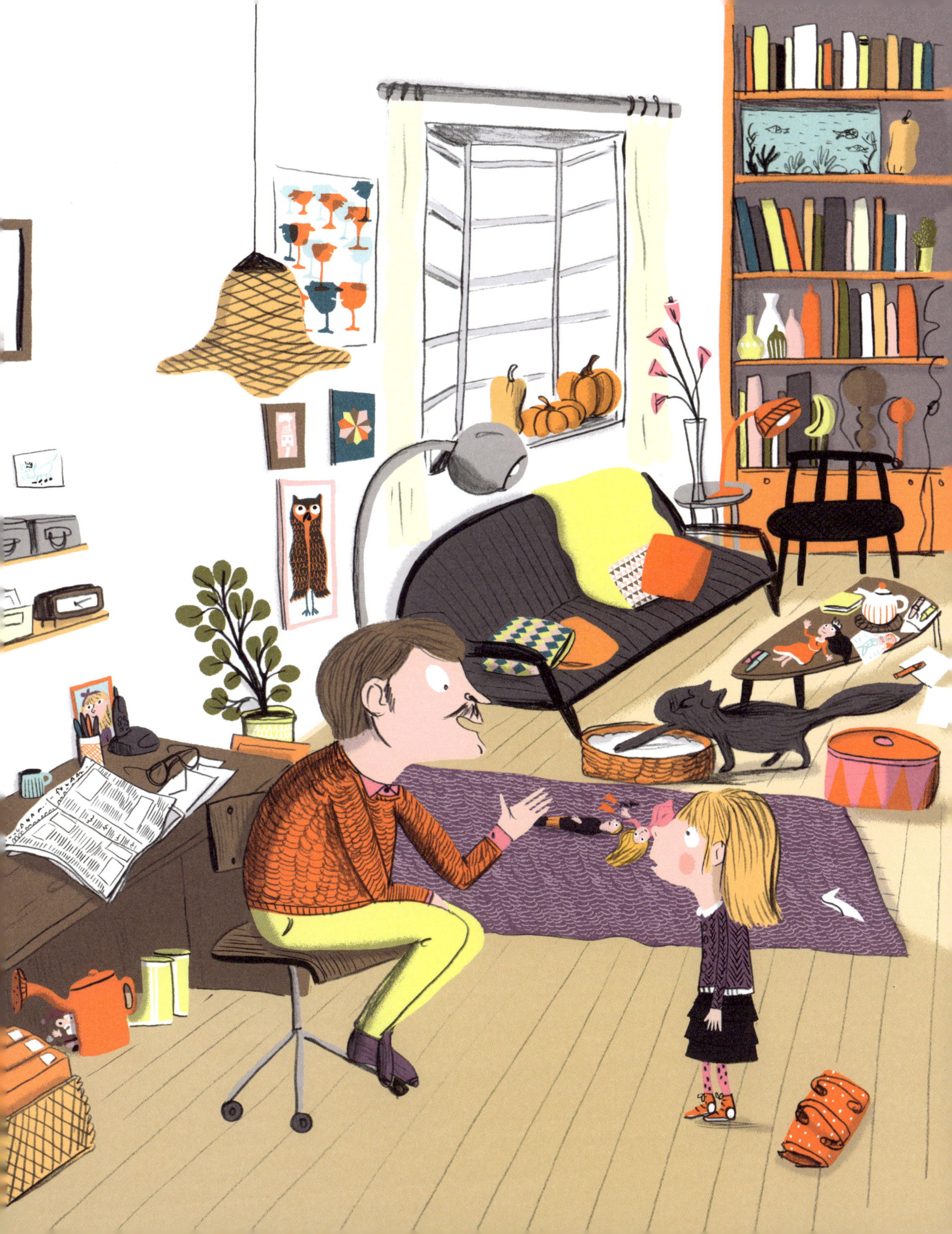

– Ça alors ! La discussion à l'école, c'était justement là-dessus. Marcelo a raconté aux filles que Cendrillon était une péteuse. Les filles ont toutes dit que ce n'était pas possible, qu'aucune princesse au monde ne faisait des prouts. Mais je me suis dit que Marcelo avait peut-être raison...

... Mais Papa, comment tu sais qu'elles font des prouts ?

Le père qui, comme Laura, aimait les livres et les belles histoires, se leva et se dirigea vers la bibliothèque. Puis, regardant sa fille, il posa son index sur ses lèvres. Chuuut ! Il chercha d'étagère en étagère pendant un moment et, enfin, attrapa un livre d'au moins... au moins deux cents ans.

– C'est quoi ça, Papa?

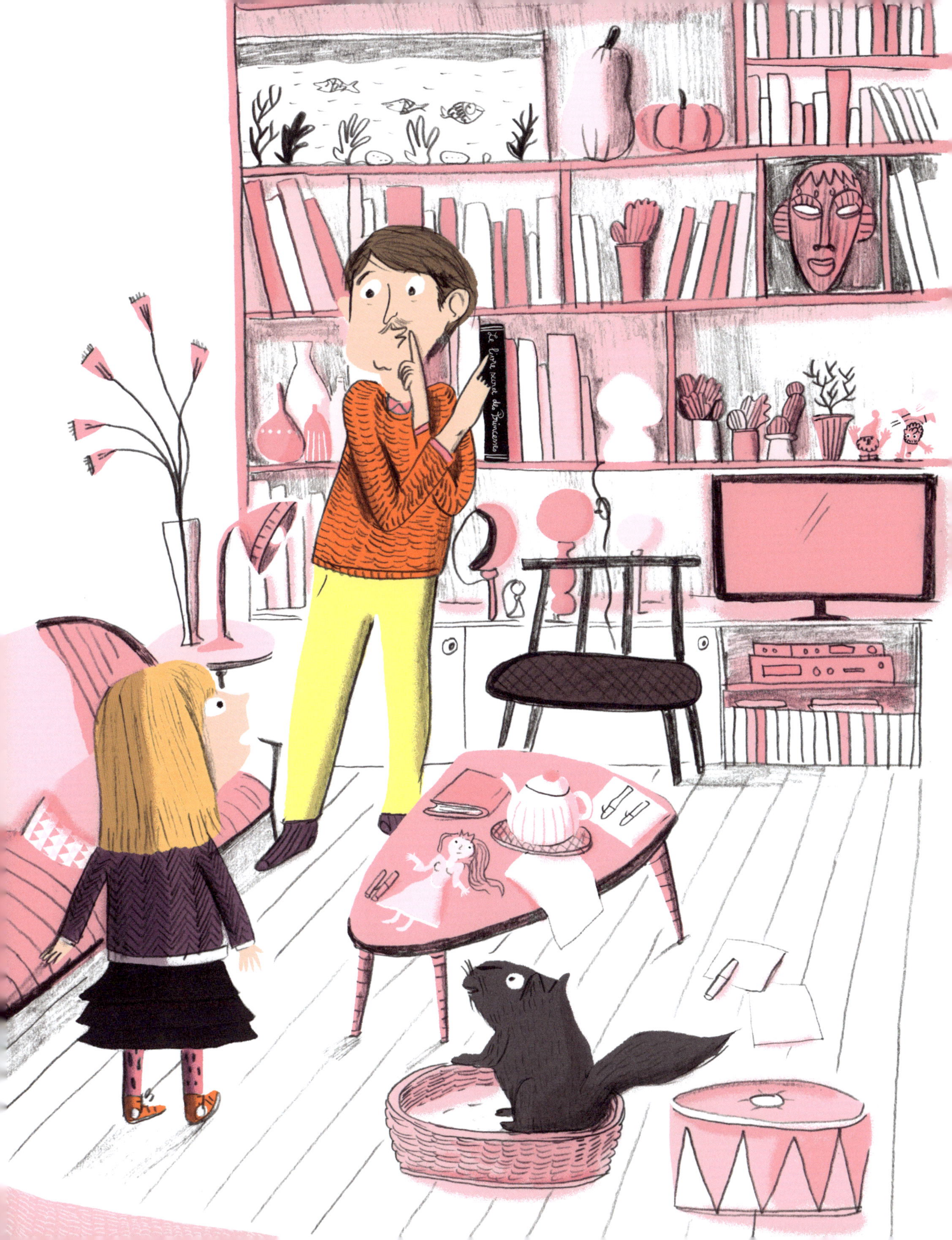
Le livre secret des Princesses

Le père prit un air mystérieux, puis emmena sa fille jusqu'à son bureau, ferma la porte à clé et dit doucement, presque murmurant :

– C'est *Le Livre secret* des princesses.

En entendant cela, Laura sentit son cœur battre plus fort.

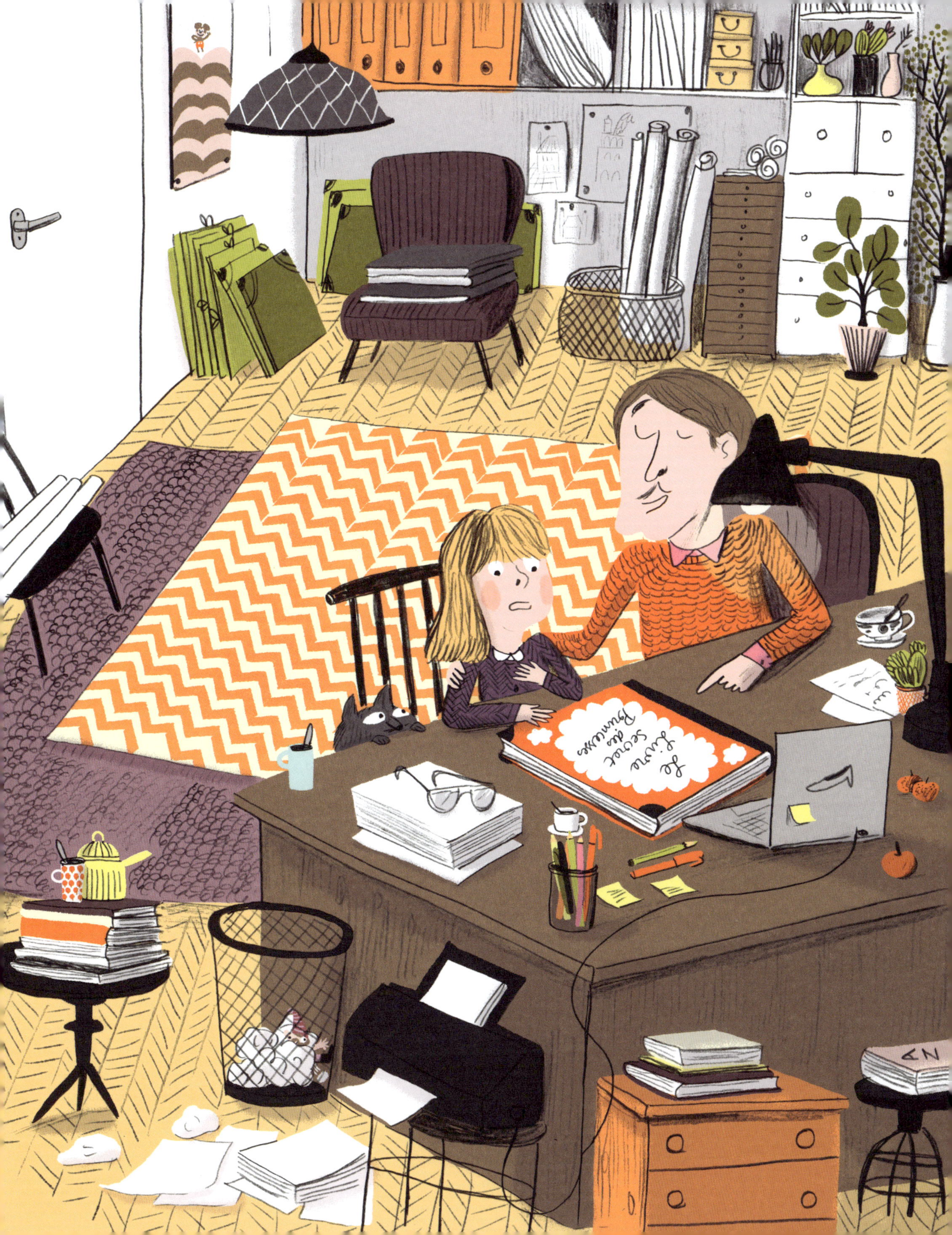
Le livre secret des Princesses

– Et qu'est-ce qu'il dit ce livre, Papa ?

– Il raconte tous les secrets des princesses les plus célèbres du monde. Il y a même un chapitre intitulé « Problèmes gastro-intestinaux et flatulences des plus charmantes princesses du monde ».

– Problèmes gastro-intestinaux et flatulences des plus charmantes princesses du monde !? Ça veut dire quoi ça, Papa ?

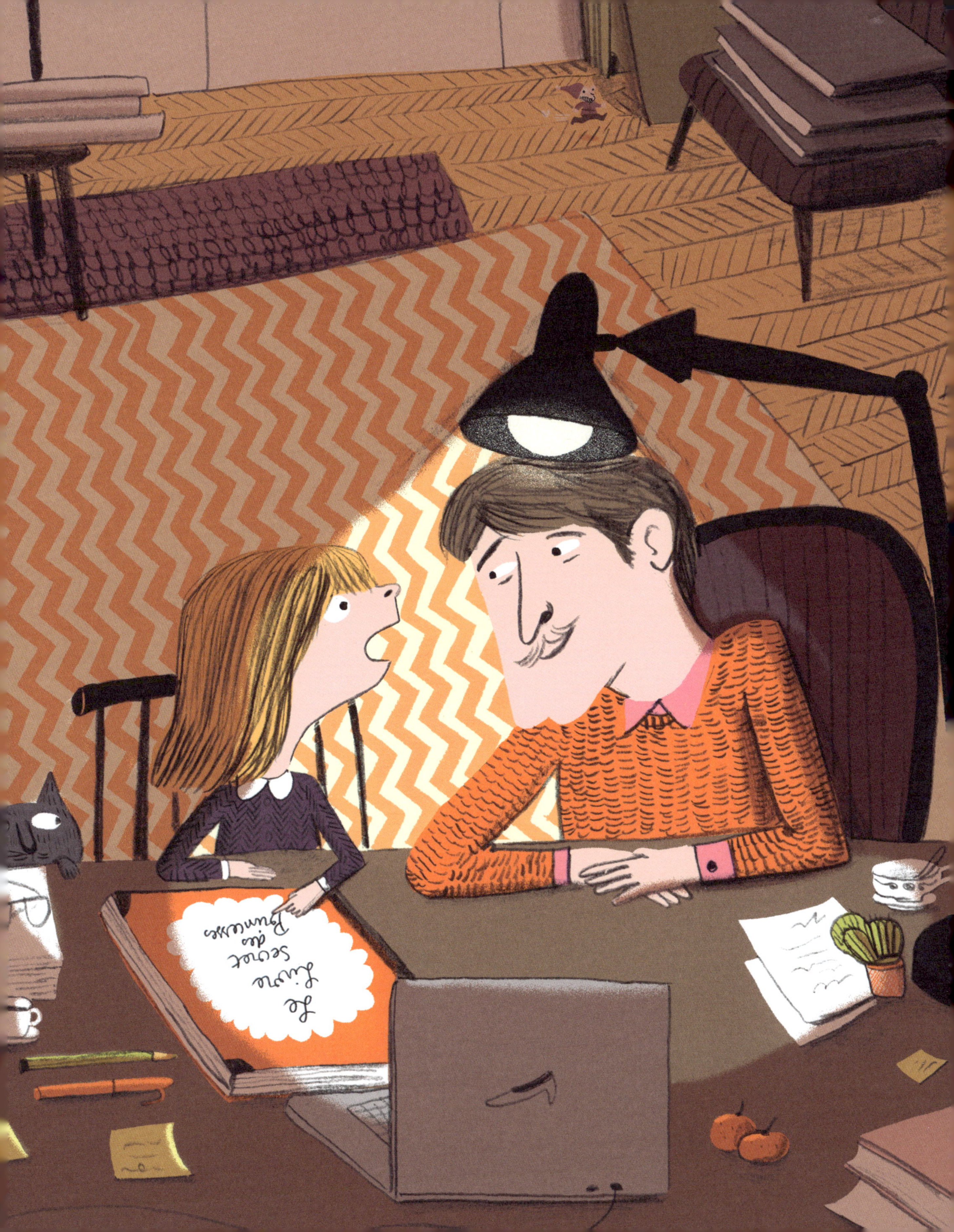
Le Livre secret des Princesses

– On trouve dans ce chapitre des récits top secret sur les prouts faits par des princesses.
Par qui veux-tu commencer ?

– Par Cendrillon, bien sûr !

Le père, qui s'était mis à feuilleter le livre, s'arrêta sur une page, la lut, puis dit à sa fille :

– Tu te souviens de la nuit du bal de Cendrillon ?

– Mais oui !

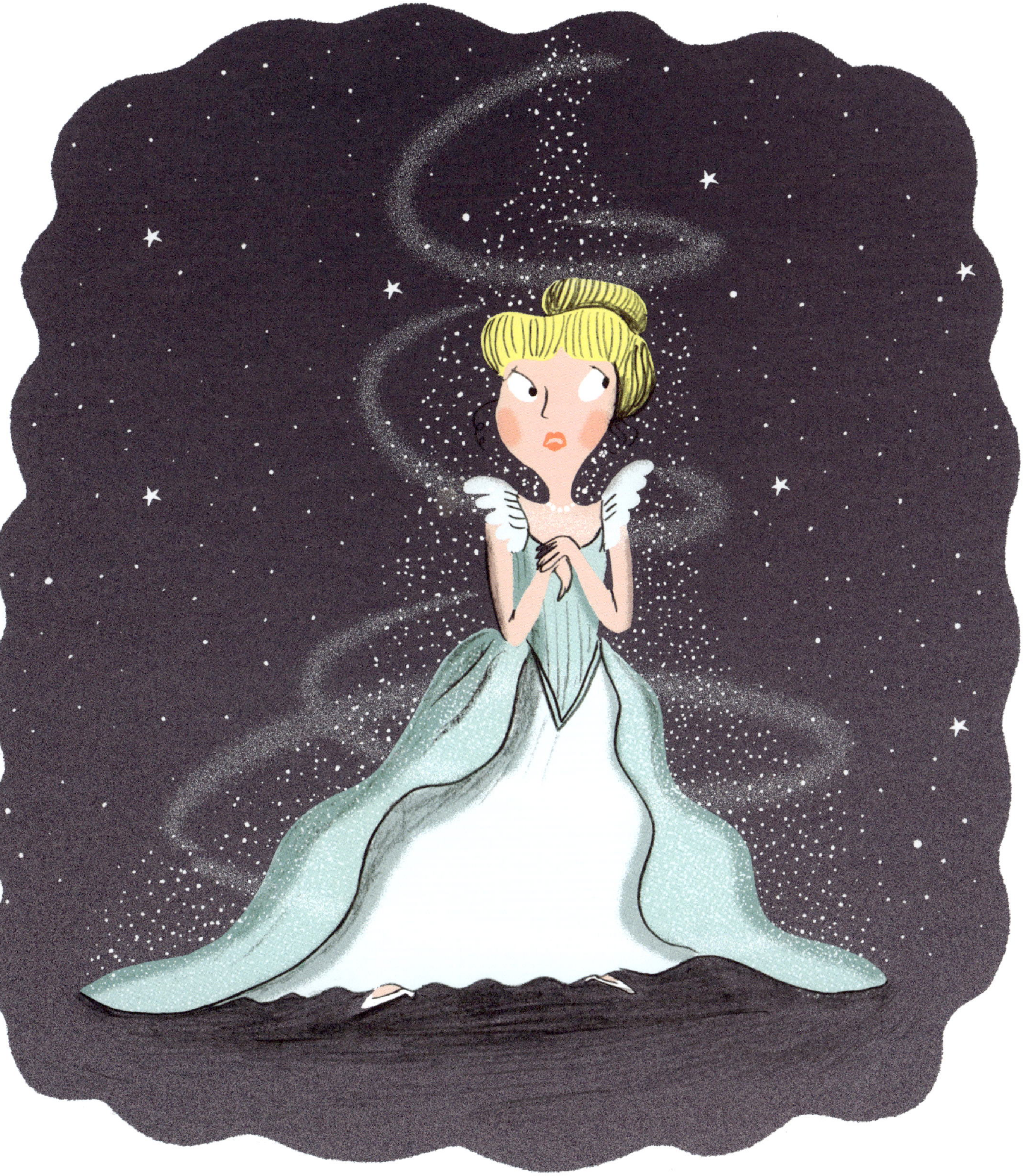

– Eh bien, Cendrillon était très anxieuse ce soir-là, et avant de se rendre au bal, elle avait mangé deux tablettes de chocolat que sa belle-mère avait cachées dans le garde-manger...

... Le prince, en dansant, serrait très fort la taille de Cendrillon : ne pouvant plus se retenir, elle finit par faire un prout au moment même où l'horloge sonnait minuit.

– Ouf ! Le prince n'a donc rien remarqué ?

– Non, ma puce.

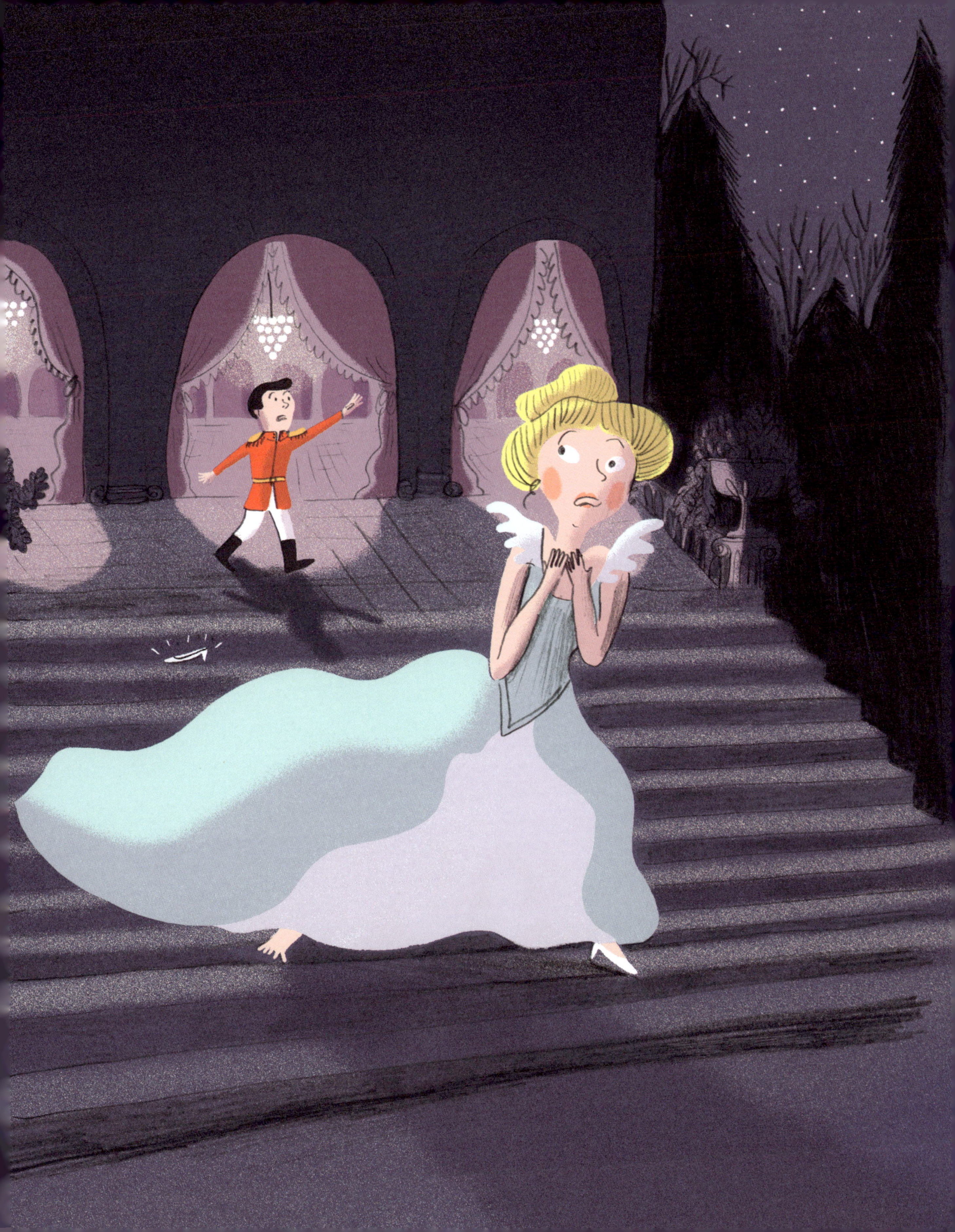

– Et Blanche-Neige ?

Le père parcourut le livre en sautant quelques pages, puis il raconta :

– La cuisine des nains était très grasse, ils aimaient bien le lard, le chou en ragoût, toutes sortes de fromages, la tarte aux abricots... Blanche-Neige se sentait toute ballonnée avec ces plats pleins de cholestérol.
  Lorsque sa belle-mère lui offrit la pomme empoisonnée, Blanche-Neige n'eut pas même le temps d'y goûter : elle fit un prout si puant qu'il en était toxique. Voilà pourquoi elle s'est évanouie.

– C'est pour ça que les nains l'ont déposée dans un cercueil en verre ? Pour ne pas sentir l'odeur ?

– Évidemment, ma puce.

– Et comment ça se fait que le prince a osé l'approcher ?

– Ce que dit mon livre, c'est que le jour où il passa par là et aperçut le cercueil en verre, le prince avait un sacré rhume, avec le nez complètement bouché.

– Ouf ! Heureusement, sinon Blanche-Neige serait morte.

– Ça, c'est sûr, affirma le père avec conviction.

– Et la Petite Sirène ?

Le père chercha un moment, puis dit finalement :

– C'est la princesse qui arrivait le mieux à dissimuler ses problèmes intestinaux. Lorsqu'un petit besoin la prenait... il lui suffisait de plonger dans l'eau. Et lorsque apparaissaient les bulles... elle disait que c'étaient les algues qui rotaient.